열두 개의 달 시화집
五月.

다정히도 불어오는 바람

열두 개의 달 시화집
五月.

다정히도 불어오는 바람

윤동주 외 지음
차일드 하삼 그림

저녁달
고양이

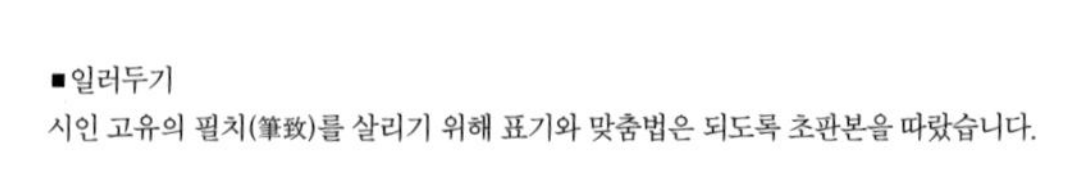

■일러두기

시인 고유의 필치(筆致)를 살리기 위해 표기와 맞춤법은 되도록 초판본을 따랐습니다.

오월 오일에
아! 수릿날 아침 약은
천 년을 길이 사실 약이라고 받치옵니다.

_고려가요 '동동' 중 五月

차례

十六日。 풍경 _윤동주

十七日。 장미 _노자영

十八日。 '호박꽃 초롱' 서시 _백석

十九日。 향내 없다고 _김영랑

二十日。 피아노 _장정심

二十一日。 오월한 _김영랑

二十二日。 그의 반 _정지용

二十三日。 가늘한 내음 _김영랑

二十四日。 오후의 구장 _윤동주

二十五日。 내 훗진 노래 _김영랑

二十六日。 오늘 _장정심

二十七日。 사랑의 몽상 _허민

二十八日。 봄하늘에 눈물이 돌다 _이장희

二十九日。 꿈은 깨어지고 _윤동주

三十日。 외로움 _김명순

三十一日。 하이쿠 _산토카

장미

이병각

오복소복 장미꽃은 털보다도 반즈럽다. 소년(少年)은 까시가 무서워서 꺽질 못하고 꽃송이를 만자거리다가 꽃송이를 따서 입에 넣어 보았다. 싸근하고 달사한 맛이 조으름을 불렀다. 장미까시는 망아지가 자라거던 발톱에 꽂어 줄 다갈인가보다. 따끔하고 씨라리기에 손구락 끝을 흙에 문즈르고나니 쌧카만 피가 송송 치밀었다. 입에 넣고 호— 호— 불었으나 어머니 생각만 간절하고 아프기는 마찬가지엿다. 하늘만 동그랫다.

모란이 피기까지는

김영랑

모란이 피기까지는
나는 아직 나의 봄을 기다리고 있을테요
모란이 뚝뚝 떨어져버린 날
나는 비로소 봄을 여읜 설움에 잠길테요
5월 어느 날, 그 하루 무덥던 날
떨어져 누운 꽃잎마저 시들어 버리고는
천지에 모란은 자취도 없어지고
뻗쳐오르던 내 보람 서운케 무너졌느니
모란이 지고 말면 그뿐, 내 한 해는 다가고 말아
삼백 예순 날 하냥 섭섭해 우옵네다
모란이 피기까지는
나는 아직 기다리고 있을테요,
찬란한 슬픔의 봄을.

당신을 위해

노천명

장미모양
으스러지게 곱게 피는 사랑이 있다면
당신은 어떻게 하시죠

감히 손에 손을 잡을 수도 없고
속삭이기에는 좋은 나이에 열없고
그래서 눈은 하늘만을 쳐다보면
얘기는 우정 딴 데로 빗나가고
차디찬 몸짓으로 뜨거운 맘을 감추는
이런 일이 있다면 어떻게 하시죠

행여 이런 마음 알지 않을까 하면
얼굴이 화끈 달아올라
그가 모르기를 바라며
말없이 지나가려는 여인이 있다면
당신은 어떻게 하시죠

언덕에 바로 누워

김영랑

언덕에 바로 누워
아슬한 푸른 하늘 뜻없이 바래다가
나는 잊었습네 눈물 도는 노래를
그 하늘 아슬하여 너무도 아슬하여

이 몸이 서러운 줄 언덕이야 아시련만
마음의 가는 웃음 한때라도 없더라냐
아슬한 하늘 아래 귀여운 맘 질기운 맘
내 눈은 감이였데 감기였데.

빛깔 환히

김영랑

빛깔 환히
동창에 떠오름을 기둘리신가
아흐레 어린 달이
부름도 없이 홀로 났네

월출동령(月出東嶺)
팔도 사람 다 맞이하소
기척 없이 따르는 마음
그대나 홀히 싸안아 주오

달빛이 슬쩍
휘파람새가 슬쩍
날이 밝도다

月ちらり鴬ちらり夜はあけぬ

잇사

뉘 눈결에 쏘이었소

김영랑

뉘 눈결에 쏘이었소
왼통 수줍어진 저 하늘빛
담 안에 복숭아꽃이 붉고
밖에 봄은 벌써 재앙스럽소

꾀꼬리 단두리 단두리로다
빈 골짝도 부끄러워
혼란스런 노래로 흰구름 피어올리나
그 속에 든 꿈이 더 재앙스럽소

꽃잎 하나가 떨어지네
어, 다시 올라가네
나비였네

落花枝に帰ると見れば胡蝶かな

모리다케

다정히도 불어오는 바람

김영랑

다정히도 불어오는 바람이길래
내 숨결 가볍게 실어 보냈지
하늘가를 스치고 휘도는 바람
어이면 한숨을 몰아다 주오

꽃나무

이상

벌판한복판에꽃나무하나가있소. 근처에는꽃나무가하나도없소. 꽃나무는제가생각하는꽃나무를열심으로생각하는것처럼열심으로꽃을피워가지고섰소. 꽃나무는제가생각하는꽃나무에게갈수없소. 나는막달아났소. 한꽃나무를위하여그러는것처럼나는참그런이상스러운흉내를내었소.

꽃모종

권태응

비가 촉촉 오네요.
꽃모종들 합시다.
삭갓 쓰고 아기들
집집마다 다녀요.
장독 옆에 뜰 앞에
알록달록 각색 꽃
곱게 곱게 피면은
온 집 안이 환해요.

남으로 창을 내겠오

김상용

남으로 창을 내겠오.
밭이 한참가리
괭이로 파고
호미론 풀을 매지오.

구름이 꼬인다 갈리 있오
새 노래는 공으로 드르랴오
강냉이가 익걸랑
함께 와 자셔도 좋소.

왜 사냐건
웃지오.

허리띠 매는 시악시

김영랑

허리띠 매는 시악시 마음실같이
꽃가지에 은은한 그늘이 지면
흰날의 내 가슴 아지랭이 낀다
흰날의 내 가슴 아지랭이 낀다

장미 병들어

윤동주

장미 병들어
옮겨 놓을 이웃이 없도다.

달랑달랑 외로이
황마차 태워 산에 보낼거나

뚜—— 구슬피
화륜선 태워 대양에 보낼거나

프로펠러 소리 요란히
비행기 태워 성층권에 보낼거나

이것 저것
다 그만두고

자라가는 아들이 꿈을 깨기 전
이내 가슴에 묻어다오!

그대가 누구를 사랑한다 할 때

김상용

그대가 누구를 사랑한다 할 때
그대는 결국 그대를 사랑하는 겔세.
그대 넋의 그림자가 그리워
알들이 알들이 따라가는 겔세.

그대 넋이 허매지를 안켓는가
허매다 그 사람을 찾앗다 하네
그 사람은 그대의 거울일세.
그대 넋을 비최는 분명한 거울일세.

그대는 그대 그림자를 보고
그 그림자를 거울만 녁여 사랑하네.
그래 그 거울을 사랑한다 하네.
그 사람을 사랑한다 맹서하게 되네.
그러나 그대 그림자 없으면
그대는 도라서 가네.

그대가 그 사람을 부족타하고 가지 안는가.
그대 넉 못빗최는 구석이 잇는 까닭일세.
지금 그대 넉은 또 길을 떠나네.
누군지 모를 그 사람을
또 찾아 허매러 가네.

그대 넉 온통을 비칠 거울이 어듸 잇나
그대 찾는 정말 그 사람이 어듸 잇나
찾다가 울고 울다가 또 찾아보고
그리다가 찾든 그대 넉 좃차
어듼지 모를 곳 가바릴게 아닌가.

十
六
日

풍경(風景)

윤동주

봄바람을 등진 초록빛 바다
쏟아질 듯 쏟아질 듯 위태롭다.
잔주름 치마폭의 두둥실거리는 물결은,
오스라질 듯 한끝 경쾌롭다.
마스트 끝에 붉은 기ㅅ발이
여인의 머리칼처럼 나부낀다.
이 생생한 풍경을 앞세우며 뒤세우며
외-ㄴ 하루 거닐고 싶다.
-우중충한 오월 하늘 아래로,
-바닷빛 포기 포기에 수놓은 언덕으로.

장미

노자영

장미가 곱다고
꺾어보니까
꽃포기마다
가시입니다

사랑이 좋다고
따라가 보니까
그 사랑속에는
눈물이 있어요

그러나 사람은
모든 사람은
가시의 장미를 꺽지 못해서
그 눈물의 사랑을 얻지 못해서
쉽다고 쉽다고 부르는 군요.

'호박꽃 초롱' 서시

백석

한울은
우물돌 아래 우는 돌우래를 사랑한다.
그리고 또
버드나무 밑 당나귀 소리를 임내내는 시인을 사랑한다.

한울은
풀 그늘 밑에 삿갓 쓰고 사는 버섯을 사랑한다.
모래 속에 문 잠그고 사는 조개를 사랑한다.
그리고 또
두툼한 초가지붕 밑에 호박꽃 초롱 혀고 사는 시인을 사랑한다.

한울은
공중에 떠도는 흰 구름을 사랑한다.
골짜구니로 숨어 흐르는 개울물을 사랑한다.
그리고 또
아늑하고 고요한 시골 거리에서 쟁글쟁글 햇볕만 바래는
시인을 사랑한다.

한울은
이러한 시인이 우리들 속에 있는 것을 더욱 사랑하는데
이러한 시인이 누구인 것을 세상은 몰라도 좋으나
그러나
이름이 강소천인 것을 송아지와 꿀벌은 알을 것이다.

十九日

향내 없다고

김영랑

향내 없다고 버리실라면
내 목숨 꺾지나 말으시오
외로운 들꽃은 들가에 시들어
철없는 그이의 발끝에 좋을걸

피아노

장정심

높은 소리 낮은 소리
올랐다 나렸다 또가마니
생명곡에 마처 주워서
쾌락하고 숭고한 음악이었소

가느단 소리 우렁찬 소리
이 강산을 떠들석하니
웃음을 띠운 인생곡이 나와
멀리 더 멀리 보내주었소

백어 같은 그대의 힌 손에
은어 금어가 꼬리를 치는 듯
내 귀에 들려 웃겼다 울렸다
이대로 음악 속에 살고 싶으오

황혼도 기웃이 드려다보며
그대의 얼굴에 웃음띠우니
우정 자연 모든 정든 벗
나를 위하여 놀아주었소

오월한(五月恨)

김영랑

모란이 피는 오월달
월계도 피는 오월달
온갖 재앙이 다 벌어졌어도
내 품에 남는 다순 김 있어
마음실 튀기는 오월이러라
무슨 대견한 옛날었으랴
그래서 못 잊는 오월이랴
청산을 거닐면 하루 한치씩
뻗어오르는 풀숲 사이를
보람만 달리던 오월이러라
아무리 두견이 애닯아 해도
황금 꾀꼬리 아양을 펴도
싫고 좋고 그렇기보다는
풍기는 내음에 진을 겪건만
어느새 다 해—진 오월이러라.

그의 반

정지용

내 무엇이라 이름하리 그를?
나의 영혼 안의 고운 불,
공손한 이마에 비추는 달,
나의 눈보다 값진 이,
바다에서 솟아 올라 나래 떠는 금성(金星),
쪽빛 하늘에 흰꽃을 달은 고산 식물(高山植物),
나의 가지에 머물지 않고,
나의 나라에서도 멀다.
홀로 어여삐 스스로 한가로워—항상 머언 이,
나는 사랑을 모르노라. 오로지 수그릴 뿐.
때없이 가슴에 두 손이 여미어지며
굽이굽이 돌아 나간 시름의 황혼(黃昏) 길 위—
나—바다 이편에 남긴
그의 반임을 고이 지니고 걷노라.

가늘한 내음

김영랑

내 가슴 속에 가늘한 내음
애끈히 떠도는 내음
저녁 해 고요히 지는 제
머언 산(山) 허리에 슬리는 보랏빛
오! 그 수심 뜬 보랏빛

내가 잃은 마음의 그림자
한 이를 정열에 정열에 뚝뚝 떨어진 모란의
깃든 향취가 이 가슴 놓고 갔을 줄이야.
얼결에 여흰 봄 흐르는 마음
헛되이 찾으려 허덕이는 날
뻘 우에 처얼석 갯물이 놓이듯
얼컥 니이는 훗근한 내음

아 ! 훗근한 내음 내키다 마아는
서어한 가슴에 그늘이 도오나니
수심 뜨고 애끈하고 고요하기
산 허리에 슬리는 저녁 보랏빛

오후의 구장(球場)

윤동주

늦은 봄 기다리던 토요일날
오후 세시 반의 경성행 열차는 석탄 연기를
자욱이 품기고
지나가고

한몸을 끄을기에 강하던
공이 자력을 잃고
한모금의 물이
불붙는 목을 축이기에
넉넉하다.
젊은 가슴의 피 순환이 잦고,
두 철각(鐵脚)이 늘어진다.

검은 기차 연기와 함께
푸른 산이
아지랑이 저쪽으로
가라앉는다.

내 홋진 노래

김영랑

그대 내 홋진 노래를 들으실까
꽃은 가득 피고 벌떼 잉잉거리고

그대 내 그늘 없는 소리를 들으실까
안개 자욱이 푸른 골을 다 덮었네

그대 내 홍 안 이는 노래를 들으실까
봄 물결은 왜 이는지 출렁거리네

내 소리는 꿰벗어 봄철이 실타리
호젓한 소리 가다가는 씁쓸한 소리

어슨 달밤 빨간 동백꽃 쥐어따서
마음씨냥 꽁꽁 주물러 버리네

二十六日

오늘

장정심

오늘은 십년보다 얼마나 더 귀한고
어제도 이별되고 내일도 모를 일이
그러나 오늘 하루만은 마음놓고 살려오

사랑의 몽상(夢想)

허민

꽃들은 시들어 열매 맺으나
님들은 나눠져 눈물만 남아
열매를 안 맺는 꽃이랄진대
사랑도 아침 들 선안개지요

바닷가 갈대가 나부껴도
안 부는 바람에 흔들릴거나
님이라 이저곳 눈물 젖어도
눈물이 자는 곳 참사랑이죠

봄하늘에 눈물이 돌다

이장희

커다란 사랑을 느끼는 봄이 되어도
봄은 나를 버리고 곁길로 돌아가다.
밝은 웃음과 강한 빛깔이 거리에 찼건만
나의 행복과 자랑은 미풍에 녹아 사라졌도다.

꿈은 깨어지고

윤동주

잠은 눈을 떴다
그윽한 유무(幽霧)에서.

노래하는 종달이
도망쳐 날아나고,

지난날 봄타령하던
금잔디밭은 아니다.

탑(塔)은 무너졌다,
붉은 마음의 탑(塔)이—

손톱으로 새긴 대리석탑(大理石塔)이—
하루저녁 폭풍(暴風)에 여지(餘地)없이도,

오오 황폐(荒廢)의 쑥밭,
눈물과 목메임이여!

꿈은 깨어졌다
탑(塔)은 무너졌다.

외로움

김명순

아니라고 머리는 흔들어도
저녁이 되면은…
눈물이 나도록 그리울 때
뜻하지 않았던 슬픔을 안다.

모두 거짓말이었다며
봄은 달아나 버렸다

みんな嘘にして春は逃げてしまった

산토카

시인 소개

윤동주

尹東柱. 1917~1945. 일제강점기의 저항(항일)시인이자 독립운동가. 아명은 해환(海煥). 해처럼 빛나라는 뜻이다. 동생인 윤일주의 아명은 환(達煥)이다. 갓난아기 때 세상을 떠난 동생은 '별환'이다.
윤동주는 만주 북간도의 명동촌에서 태어났으며, 기독교인인 할아버지의 영향을 받았다. 1931년(14세)에 명동소학교를 졸업하고, 한때 중국인 관립학교인 대랍자 학교를 다니다 가족이 용정으로 이사하자 용정에 있는 은진중학교에 입학하였다. 1935년에 평양의 숭실중학교로 전학하였으나, 학교에 신사참배 문제가 발생하여 폐쇄당하고 말았다. 다시 용정에 있는 광명학원의 중학부로 편입하여 거기서 졸업하였다.
1941년에는 서울의 연희전문학교 문과를 졸업하고, 일본으로 건너가 도쿄에 있는 릿쿄 대학 영문과에 입학하였다가, 다시 1942년, 도시샤 대학 영문과로 옮겼다. 학업 도중 귀향하려던 시점에 항일운동을 했다는 혐의로 일본 경찰에 체포되어(1943. 7), 2년형을 선고받고 후쿠오카 형무소에서 복역하였다. 그러나 복역 중 건강이 악화되어 1945년 2월에 생을 마감하고 말았다. 유해는 그의 고향 용정에 묻혔다. 한편, 그의 죽음에 관해서는 옥중에서 정체를 알 수 없는 주사를 정기적으로 맞은 결과이며, 이는 일제의 생체실험의 일환이었다는 주장도 제기되고 있다.
15세 때부터 시를 쓰기 시작하여 첫 작품으로 〈삶과 죽음〉 〈초한대〉를 썼다. 발표 작품으로는 만주의 연길에서 발간된 《가톨릭 소년》지에 실린 동시 〈병아리〉(1936. 11) 〈빗자루〉(1936. 12) 〈오줌싸개 지도〉(1937. 1) 〈무얼 먹구사나〉(1937. 3) 〈거짓부리〉(1937. 10) 등이 있다. 연희전문학교 시절 작품으로는 《조선일보》에 발표한 산문 〈달을 쏘다〉, 교지 《문우》지에 게재된 〈자화상〉 〈새로운 길〉이 있다. 그리고 그의 유작인 〈쉽게 쓰여진 시〉가 사후에 《경향신문》에 게재되기도 하였다(1946).
그의 절정기에 쓰인 작품들을 1941년 연희전문학교를 졸업하던 해에 《하늘과 바람과 별과 시》라는 제목으로 발간하려 하였으나 뜻을 이루지 못하였다. 그의 자필 유작 3부와 다른 작품들을 모아 친구 정병욱과 동생 윤일주가, 사후에 그의 뜻대로 1948년, 《하늘과 바람과 별과 시》라는 제목으로 출간했다.
29년의 짧은 생애를 살았지만 특유의 감수성과 삶에 대한 고뇌, 독립에 대한 소망이 서려 있는 작품들로 인해 대한민국 문학사에 길이 남은 전설적인 문인이다. 2017년 12월 30일, 탄생 100주년을 맞이했다.

백석

白石. 1912~1996. 일제 강점기와 조선민주주의인민공화국의 시인이자 소설가, 번역문학가이다. 본명은 백기행(白夔行)이며 본관은 수원(水原)이다. '白石(백석)'과 '白奭(백석)'이라는 아호(雅號)가 있었으나, 작품에서는 거의 '白石(백석)'을 쓰고 있다.

평안북도 정주(定州) 출신. 오산고등보통학교를 마친 후, 일본에서 1934년 아오야마학원 전문부 영어사범과를 졸업하였다. 부친 백용삼과 모친 이봉우 사이의 3남 1녀 중 장남으로 출생했다. 부친은 우리나라 사진계의 초기인물로 《조선일보》의 사진반장을 지냈다. 모친 이봉우는 단양군수를 역임한 이양실의 딸로 소문에 의하면 기생 내지는 무당의 딸로 알려져 백석의 혼사에 결정적인 지장을 줄 정도로 당시로서는 심한 천대를 받던 천출의 소생으로 알려져 있다.

1930년 《조선일보》 신년현상문예에 1등으로 당선된 단편소설 〈그 모(母)와 아들〉로 등단했고, 몇 편의 산문과 번역소설을 내며 작가와 번역가로서 활동했다. 실제로는 시작(詩作) 활동에 주력했으며, 1936년 1월 20일에는 그간 《조선일보》와 《조광(朝光)》에 발표한 7편의 시에, 새로 26편의 시를 더해 시집 《사슴》을 자비로 100권 출간했다. 이 무렵 기생 김진향을 만나 사랑에 빠졌고 이때 그녀에게 '자야(子夜)'라는 아호를 지어주었다.

이후 1948년 《학풍(學風)》 창간호(10월호)에 〈남신의주 유동 박시봉방(南新義州 柳洞 朴時逢方)〉을 내놓기까지 60여 편의 시를 여러 잡지와 신문, 시선집 등에 발표했으나, 분단 이후 북한에서의 활동은 정확히 알려진 것이 없다.

백석은 자신이 태어난 마을과 마을 사람들 그리고 주변 자연을 대상으로 시를 썼다. 작품에는 평안도 방언을 비롯하여 여러 지방의 사투리와 고어를 사용했으며 소박한 생활 모습과 철학적 단면이 시에 잘 드러나 있다. 그의 시는 한민족의 공동체적 친근성에 기반을 두었고 작품의 도처에는 고향의 부재에 대한 상실감이 담겨 있다.

정지용

鄭芝溶. 1902~1950. 대한민국의 대표적 서정 시인이다. 충청북도 옥천군 옥천면 하계리에서 한의사인 정태국과 정미하 사이에서 맏아들로 태어났다. 연못의 용이 하늘로 올라가는 태몽을 꾸었다고 하여 아명은 지룡(池龍)이라고 하였다. 당시 풍습에 따라 열두 살에 송재숙(宋在淑)과 결혼했으며, 1914년 아버지의 영향으로 로마 가톨릭에 입문하여 '방지거(方濟各, 프란치스코)'라는 세례명을 받았다. 정지용은 섬세하고 독특한 언어를 구사하며, 생생하고 선명한 대상 묘사에 특유의 빛을 발하는 시인이다. 한국현대시의 신경지를 열었다는 평가를 받고 있으며, 이상을 비롯하여 조지훈, 박목월 등과 같은 청록파 시인들을 등장시키기도 했다. 그는 휘문고보 재학 시절 〈서광〉 창간호에 소설 〈삼인〉을 발표하였으며, 일본 유학시절에는 대표작이 된 〈향수〉를 썼다. 1930년에 시문학 동인으로 본격적인 문단활동을 했고, 구인회를 결성하고, 문장지의 추천위원으로도 활동했다. 해방 이후에는《경향신문》의 주간으로 일하며 대학에도 출강했는데, 이화여대에서는 라틴어와 한국어를, 서울대에서는 시경을 강의했다. 1950년 한국전쟁이 일어난 뒤에는 김기림. 박영희 등과 함께 서대문형무소에 수용되었다가, 이후 납북되었다가 사망하였다. 사망 장소와 시기는 정확히 확인되지 않는데, 1953년 평양에서 사망했다고 알려져 있다. 주요 저서로는《정지용 시집》《백록담》《지용문학독본》 등이 있다. 그의 고향 충북 옥천에서는 매년 5월에 지용제를 개최하고 있으며, 1989년부터는 시와 시학사에서 정지용문학상을 제정하여 매년 시상하고 있다.

김영랑

金永郎. 1903~1950. 시인. 본관은 김해(金海). 본명은 김윤식(金允植). 영랑은 아호인데《시문학(詩文學)》에 작품을 발표하면서부터 사용하기 시작하였다. 전라남도 강진 출신. 1915년 강진보통학교를 졸업한 뒤 혼인하였으나 1년 반 만에 부인과 사별하였다. 초기 시는 1935년 박용철에 의하여 발간된《영랑시집》초판의 수록시편들이 해당되는데, 여기서는 자연에 대한 깊은 애정이나 인생태도에 있어서의 역정(逆情)·회의 같은 것은 찾아볼 수 없다. '슬픔'이나 '눈물'의 용어가 수없이 반복되면서 그 비애의식은 영탄이나 감상에 기울지 않고, '마음'의 내부로 향해져 정감의 극치를 이루고 있다. 요컨대, 그의 초기 시는 같은 시문학동인인 정지용 시의 감각적 기교와 더불어 그 시대 한국 순수시의 극치를 보여주고 있다. 그러나 1940년을 전후하여 민족항일기 말기에 발표된〈거문고〉〈독(毒)을 차고〉〈망각(忘却)〉〈묘비명(墓碑銘)〉등 일련의 후기 시에서는 그 형태적인 변모와 함께 인생에 대한 깊은 회의와 '죽음'의 의식이 나타나 있다..

노천명

盧天命. 1911~1957. 일제 강점기의 시인, 작가, 언론인이다. 본관은 풍천(豊川)이며, 황해도 장연군 출생이다. 아명은 노기선(盧基善)이나, 어릴 때 병으로 사경을 넘긴 뒤 개명하였다.

1930년 진명여학교를 졸업하고, 그해 이화여전 영문학과에 입학했다. 이화여전 재학 때인 1932년에 시〈밤의 찬미〉〈포구의 밤〉등을 발표했다. 그 후〈눈 오는 밤〉〈망향〉등 주로 애틋한 향수를 노래한 시들을 발표했다. 널리 애송된 그의 대표작〈사슴〉으로 인해 '사슴의 시인'으로 불리기도 했다. 독신으로 살았던 그의 시에는 주로 개인적인 고독과 슬픔의 정서가 부드럽게 담겨 있다.

이병각

李秉珏. 1910~1941. 경상북도 영양 출생. 호적명 이인대(李仁大), 족보명 이병각. 1918

년 안동보통학교 입학, 1924년 서울로 상경하여 중동학교 입학했으나 1929년 광주학생사건에 연루 퇴학당했다. 1930년 일본에 머물렀으나 귀국하여 청년운동, 민중운동을 했다. 이병각은 카프가 해체된 시기인 1935~36년부터 평론, 산문, 시에 이르는 장르의 경계를 넘나들며 자유롭게 작품활동을 하였지만, 요절하여, 그 활동 기간은 카프 해소 이후 10여 년뿐이다. 현실도피적인 성향인 데다 후두결핵으로 문단활동도 활발하게 하지 못하였다. 그는 병든 몸으로 직접 한지에다 모필로 시집을 묶었는데, 그 첫 장에는 '가장 괴로운 시대에 나를 나허주신 어머님게 드리노라'(1940년 2월)라고 쓰여 있다.

이상

李箱. 1910~1937. 시인·소설가. 현대시사를 논할 때 결코 빼놓을 수 없는 시인이며, 1930년대에 있었던 1920년대의 사실주의, 자연주의에 반발한 모더니즘 운동의 기수였다. 그는 건축가로 일하다가 작품을 발표하였으며, 전위적이고 해체적인 글쓰기로 한국의 모더니즘 문학사를 개척한 작가로 평가받고 있다. 겉으로는 서울 중인 계층 출신으로 총독부 기사였던 평범한 사람이지만, 20세부터 죽을 때까지 폐병으로 인한 각혈과 지속적인 자살충동 등 평생을 죽음의 공포 속에서 살아야 했던 기이한 작가였다. 한국 역사상 가장 독창적인 시와 소설을 창작한 바탕에는 이런 공포가 늘 그의 삶에 있었기 때문일지도 모른다.

허민

許民. 1914~1943. 시인·소설가. 경남 사천 출신. 본명은 허종(許宗)이고, 민(民)은 필명이다. 허창호(許昌瑚), 일지(一枝), 곡천(谷泉) 등의 필명을 썼고, 법명으로 야천(野泉)이 있다. 허민의 시는 자유시를 중심으로 시조, 민요시, 동요, 노랫말에다 성가, 합창극에까지 이르는 다양한 갈래에 걸쳐 있다. 시의 제재는 산·마을·바다·강·호롱불·주막·물귀신·산신령 등 자연과 민속에 속하며, 주제는 막연한 소년기 정서에서부터 농촌을 중심으로 민족 현실에 대한 다채로운 깨달음과 질병(폐결핵)에 맞서 싸우는 한 개인의 실존적 고독 등을 표현하고 있다. 시 〈율화촌(栗花村)〉은 단순한 복고취미로서의 자연애호에서 벗어나 인정이 어우러진 안온한 농촌공동체를 형상화함으로써 시적 비전을 제시하고자 하였다.

권태응

權泰應. 1918~1951. 일제강점기의 독립운동가이자 시인. 충청북도 충주(忠州) 출신. 1935년 경성제일공립고등보통학교(지금의 경기고등학교) 재학 중 최인형, 염홍섭 등과 함께 항일비밀결사단체에 가입하여 민족의식을 키우던 중 졸업 직전 친일 발언을 한 학

생을 구타하여 종로경찰서에서 조사를 받았다. 졸업 후 일본 와세다대학에 재학하던 중 고교 동창인 염홍섭 등과 독서회를 조직하여 조국의 독립과 새로운 사회 건설에 대해 논의하였다. 1938년 일본 경찰에 체포되어 3년의 징역형을 선고받고 복역하던 중 폐결핵으로 풀려났으나 대학에서는 퇴학당했다. 1941년 고향으로 돌아와 농사를 지으며 야학을 운영하고 창작활동에 전념하였다. 한국전쟁 때 약을 구하지 못해 병이 악화되어 별세하였다. 대표작은 동시 '감자꽃'이다.

김상용

金尙鎔. 1902~1951. 시인·영문학자·교육자. 경기도 연천 출생. 시조 시인 김오남(金午男)이 여동생이다. 1917년 경성제일고등보통학교 입학, 1919년 3·1운동 관련으로 제적되어 보성고등보통학교로 전학, 1921년 졸업했다. 이듬해인 1922년 일본 릿쿄대학 영문과에 입학, 1927년에 졸업했다. 귀국 후 보성고등보통학교 교사로 재직하면서 1930년 경부터 《동아일보》 등에 시를 게재했고, 에드거 앨런 포의 〈애너벨리〉(《신생(新生)》 27, 1931. 1), 키츠(J. Keats)의 〈희람고옹부(希臘古甕賦)〉(《신생》 31, 1931. 5) 등의 외국문학을 번역·소개했다. 1933년부터 이화여자전문학교 영문과 교수로 근무하면서, 1938년 〈남으로 창을 내겠오〉를 수록한 시집 《망향(望鄕)》을 출판했다.

노자영

盧子泳. 1898~1940. 시인·수필가. 호는 춘성(春城). 출생지는 황해도 장연(長淵) 또는 송화군(松禾郡)으로 전해지고 있지만 정확한 것은 알 수가 없다. 평양 숭실중학교를 졸업하고 고향의 양재학교에서 교편 생활을 한 적이 있으며, 1919년 상경하여 한성도서주식회사에 입사하였다. 1935년에는 조선일보사 출판부에 입사하여 《조광(朝光)》지를 맡아 편집하였다. 1938년에는 기자 생활을 청산하고 청조사(靑鳥社)를 직접 경영한 바 있다. 그의 시는 낭만적 감상주의로 일관되고 있으나 때로는 신선한 감각을 보여주기도 한다. 산문에서도 소녀 취향의 문장으로 명성을 떨쳤다.

장정심

張貞心. 1898~1947. 시인. 개성 출생. 호수돈여자고등보통학교를 마치고 서울로 와서 이화학당유치사범과와 협성여자신학교를 졸업하고 감리교여자사업부 전도사업에 종사하였다. 1927년경부터 시작을 시작하여 많은 작품을 신문과 잡지에 발표했다. 기독교계에서 운영하는 잡지 《청년(靑年)》에 발표하면서부터 등단했다. 1933년 한성도서주식회사에서 간행한 《주(主)의 승리(勝利)》는 그의 첫 시집으로 신앙생활을 주제로 하여 쓴 단장(短章)으로 엮었다. 1934년 경천애인사(敬天愛人社)에서 출간된 제2시집 《금선

(琴線)》은 서정시·시조·동시 등으로 구분하여 200수 가까운 많은 작품을 수록하고 있다. 독실한 신앙심을 바탕으로 한 맑고 고운 서정성의 종교 시를 씀으로써 선구자적 소임을 다한 여류시인으로 높이 평가되고 있다.

이장희

李章熙. 1900~1929. 시인. 본관은 인천(仁川). 본명은 이양희(李樑熙), 아호는 고월(古月). 대구 출신. 1920년에 이장희(李樟熙)로 개명하였으나 필명으로 장희(章熙)를 사용한 것이 본명처럼 되었다. 문단의 교우 관계는 양주동(梁柱東)·유엽(柳葉)·김영진(金永鎭)·오상순(吳相淳)·백기만(白基萬)·이상화(李相和) 등 극히 제한되어 있었다. 세속적인 것을 싫어하여 고독하게 살다가 1929년 11월 대구 자택에서 음독, 자살하였다. 이장희의 전 시편에 나타난 시적 특색은 섬세한 감각과 시각적 이미지, 그리고 계절의 변화에 따른 시적 소재의 선택에 있다. 대표작 〈봄은 고양이로다〉는 다분히 보들레르와 같은 발상법을 바탕으로 하고 있는데 '고양이'라는 한 사물이 예리한 감각으로 조형되어 생생한 감각미를 보이고 있다. 이 시는 작자의 순수지각(純粹知覺)에서 포착된 대상인 고양이를 통해서 봄이 주는 감각을 집약적으로 표현하고 있다. 1920년대 초반의 시단은 퇴폐주의·낭만주의·자연주의·상징주의 등 서구 문예사조에 온통 휩싸여 퇴폐성이나 감상성이 지나치게 노출되어 있었음에도 불구하고, 그의 시는 섬세한 감각과 이미지의 조형성을 보여주고 있다. 바로 뒤를 이어 활동한 정지용(鄭芝溶)과 함께 한국시사에서 새로운 시적 경지를 개척하였다.

김명순

金明淳. 1896~1951. 우리나라 최초의 여성 소설가. 평안남도 평양 출생. 아버지는 명문이며 부호인 김가산이고, 어머니는 그의 소실이었다. 그러나 어린 나이에 부모를 여의고 고아로 자랐다. 1911년 서울에 있는 진명(進明)여학교를 다녔고 동경에 유학하여 공부하기도 했다. 1917년 숙명여자고등보통학교를 졸업하였고 전통적인 결혼관에 대한 부정과 여성해방에 대한 의식은 성숙되어 있었다. 그녀는 봉건적인 가부장적 제도에 환멸을 느끼게 되며 이는 그녀의 이후 삶과 작품에 지대한 영향을 미치게 된다. 전통적인 남녀간의 모순적 관계를 극복하는 새로운 연애를 갈망했으며 남과여의 주체적인 관계만이 올바르다고 생각했다. 이 시기에 《청춘(青春)》지의 현상문예에 단편소설 《의심(疑心)의 소녀》가 당선되어 문단에 데뷔하였다. 《의심의 소녀》는 전통적인 남녀관계에서 결혼으로 발생하는 비극적인 여성의 최후를 그려내는 작품이며 이 작품을 통해 여성해방을 위한 저항정신을 표현하였다. 그후에 단편 《칠면조(七面鳥)》(1921), 《돌아볼 때》(1924), 《탄실이와 주영이》(1924), 《꿈 묻는 날 밤》(1925) 등을 발표하고, 한편 시 《동경(憧

憬)》《옛날의 노래여》《창궁(蒼穹)》《거룩한 노래》 등을 발표했다.
1925년에 시집 《생명의 과실(果實)》을 출간하는 등 활발한 활동을 보였으나, 그후 일본 도쿄[東京]로 가서 작품도 쓰지 못하고 가난에 시달리다 복잡한 연애사건으로 정신병에 걸려 사망했으며 그녀의 죽음에 관해서는 정확하게 알려진 내용이 없다. 김동인(金東仁)의 소설 《김연실전》의 실제 모델로 알려진 개화기의 신여성이다.

고바야시 잇사

小林一茶. 고바야시 잇사는 일본 에도 시대 활약했던 하이카이시(俳諧師, 일본 고유의 시 형식인 하이카이, 즉 유머러스한 내용의 시를 짓던 사람)이다. 15세 때 고향 시나노를 떠나 에도를 향해 유랑 길에 올랐다. 그 과정에서 소바야시 지쿠아로부터 하이쿠(俳句) 등의 하이카이를 배웠다. 잇사는 39세에 아버지를 여읜 뒤, 계모와 유산을 놓고 다투는 등 어려서부터 역경을 겪은 탓에 속어와 방언을 섞어 생활감정을 표현한 구절을 많이 남겼다.

타네다 산토카

種田山頭火. 1882~1940. 일본의 방랑시인. 호후시 출신. 5.7.5의 정형시인 하이쿠에 자유율을 도입한 일본의 천재시인이다. 그의 평생소원은 '진정한 나의 시를 창조하는 것'과 '누구에게도 폐를 끼치지 않고 죽는 것'이었다. 그리고 하이쿠 하나만을 쓰는 데 삶을 바쳤다. 겉으로는 무전걸식하는 탁발승이었지만, 어쩔 수 없는 한량에 술고래에다 툭하면 기생집을 찾는 등 소란을 피우며 문필가 친구들에게 누를 끼쳤다. 그래도 인간적인 매력이 많아 사람들에게 사랑을 받았다. 산토카를 모델로 한 만화 〈흐르는 강물처럼〉의 실제 주인공이다.

아라키다 모리다케

荒木田守武. 1473~1549. 이세(伊勢) 하이카이의 선조. 전국(戦国)시대 내궁(内宮)의 신관(神職)이다. 내궁 네기(禰宜)인 소노다 모리히데의 9남으로 저명한 후지나미 우지츠네의 외손이다. 신궁의 세력이 아주 쇠약하던 중세 말엽, 정사위(正四位)·일네기(一禰宜)가 되었다. 신을 모시는 한편, 이이오 소기 소장을 존경하고 사모하여 하이카이(俳諧)·연가(連歌)에 관심을 두고 《신센츠쿠바슈(新撰菟玖波集)》에 투고했다. 덴분 5년(天文,1536)에 '초하루구나! 신의 시대도 생각나는구나'라고 읊었다. '가미지산 내가 지금까지 해온 일도, 앞으로 할 일도 산봉우리의 소나무 바람 소나무 바람'은 유명하다.

화가 소개

차일드 하삼

Frederick Childe Hassam. 1859~1935. 미국의 인상주의 화가. 미국의 도시와 해안을 주로 그렸다. 3,000점이 넘는 그림, 유화, 수채화, 에칭, 석판화 등을 제작했으며 20세기 초 미국에서 가장 영향력 있는 예술가 중 한 명이었다. 그의 아버지는 미술품 및 공동품을 많이 소장한 성공한 사업가이며, 어머니는 미국의 소설가 너새니엘 호손의 후손이다. 어려서부터 미술에 관심이 있었고 드로잉과 수채화에 뛰어났으나 그의 부모는 초기에 그의 재능에 거의 주목하지 않았다. 고등학교를 그만두고 나무조각가로 일했으며 1879년경부터 초기 유화를 만들기 시작했으나 선호하는 장르는 수채화였고 대부분 풍경화였다.
1883년 보스톤의 윌리엄스 에버렛 갤러리(Williams and Everett Gallery)에서 열린 첫 개인전에서 수채화를 전시했다. 다음 해, 그의 친구들의 권유로 중간이름 없이, '차일드 하삼(Childe Hassam)'으로 활동했다. 또한 서명에는 항상 초승달 모양의 상징을 추가했는데, 그 의미는 알려지지 않고 있다. 정식 미술 교육을 받지 못했으나, 1886년 프랑스의 줄리앙 아카데미에서 구상적 드로잉과 회화를 공부했으며, 인상주의를 미국 미술계에 알리는 데 중요한 역할을 했다
1880년대 중반, 하삼은 도시 풍경을 그리기 시작했다. 〈보스턴 커먼의 황혼(Boston Common at Twilight)〉(1885)은 그의 첫 번째 작품이었다. 미국의 미술평론가들의 반응은 냉담했으나 그는 크게 성공했고, 파리에서 생활하며 프랑스 예술가들과 교류하였다. 파리뿐만 아니라 유럽 여러 나라, 칠레 등을 여행하며 작품의 영감을 얻었다.
미국 인상주의의 선도적 역할을 했지만, 신인상주의와 후기인상주의로 전환될 때 뒤늦게 인상주의에 합류했다. 후기 작품 중에 가장 독특하고 유명한 작품으로는 '깃발 시리즈(Flag Series)'로 알려진 30여 점의 그림이 있다. 1916년 뉴욕 5번가에서 열린 미국의 세계1차대전 참전 퍼레이드에서 영감을 얻어 연작을 만들었다. 그중 〈빗속의 거리〉는, 2009년 재선에 성공한 오바마 미국 대통령이 자신의 집무실을 재정비하면서 걸어놓아 화제가 되었다. 1919년 하삼은 뉴욕의 이스트햄튼에 살았고, 1920년대부터 에드워드 호퍼나 로버트 헨리 같은 사실주의파에 합류하기도 했다.
1960년대 미국에서 인상주의 화풍이 부활하기 전까지, 하삼은 '비운의 버려진 천재'로 남았으나, 1970년대에 프랑스의 인상주의 작품들이 천문학적인 가격으로 거래되자, 하삼과 미국의 인상주의학파들은 다시 인기를 얻었다.

0-1
Girl in a doorway 1883

0-2
Moonrise at sunset 1892

1
The rose garden 1888

2
Field of poppies isles of shaos appledore 1890

3
The white dory 1895

4
Dragon cloud old lyme 1903

5
Moonlight on the sound 1906

6-1
September moonrise 1900

6-2
The New York window 1912

6-3
The evening star 1891

7
In a French garden 1897

8
Mrs. Hassam at villiers le bel 1888

9-1
Yachts gloucester 1889

9-2
Summer evening 1886

9-3
On the balcony 1888

10
Blossoming trees 1882

11
A fisherman's cottage 1895

12
Old House, East Hampton 1917

13
Spring (aka The Artist's Sister) 1885

14
The garden door 1888

15-1
Summer evening paris 1889

15-2
Promenade at sunset paris 1889

16
August afternoon appledore 1900

17-1
The artist s wife in a garden villiers le bel 1889

17-2
The table garden 1910

17-3
Mrs. Hassam in the garden 1888

18-1
Windmill at sundown east hampton 1898

18-2
Old lyme bridge1903

19
Poppies isles of shoals 1891

20
The Sonata 1911

21
In the garden aka celia thaxter in her garden 연도 미상

22
July night 1898

23
Oregon landscape 1908

24
Moonrise at sunset harney desert 1908

25-1
Poppies isles of shoals 1890

25-2
Washington Arch, Spring 1893

25-3
The Avenue in the Rain 1917

26
Couch on the porch cos cob 1914

27
Geraniums 1888

28
Twenty six of June old lyme 1912

29
Moonlight the old house 1906

30
Nocturne railway crossing Chicago
1893

31-1
Roses in a vase 1890

31-2
Dock of tuileries 1889

31-3
Paris nocturne 1889

열두 개의 달 시화집
五月。
다정히도 불어오는 바람

초판 1쇄 발행 2018년 5월 15일
초판 4쇄 발행 2023년 7월 10일

지은이 윤동주 외 16명
그린이 차일드 하삼
발행인 정수동
발행처 저녁달

출판등록 2017년 1월 17일 제406-2017-000009호
주소 경기도 파주시 문발로 142, 니은빌딩 304호
전화 02-599-0625
팩스 02-6442-4625
이메일 book@mongsangso.com
인스타그램 @moon5990625
ISBN 979-11-963243-4-6 02810

***저녁달고양이**는 **저녁달출판사**의 문학브랜드입니다.